Et godt liv trods alt

Ove Johansen

Et godt liv trods alt

ISBN 13: 978-87-7691-086-0
ISBN 10: 87-7691-086-5

1

Det hele startede en ganske almindelig formiddag. Efter at have spist morgenmad sammen med min kone og tre børn skulle jeg til Vejle for at besøge en af mit nye firmas forhandlere og dennes konsulent. Vi skulle tale om budgetter og markedsføring. Jeg havde været i oliebranchen i mange år, men havde i mit 26. år skiftet til et andet selskab.

Jeg startede fra mit hjem i Kerteminde og kørte mod Odense. Da jeg kom ned på motorvejen, fik jeg den ide, at forhandleren og hans konsulent havde bedraget mit firma, og at jeg skulle afsløre dem. Jeg kunne mærke, at jeg satte farten op. Jeg fandt adressen i Vejle. I døren blev jeg modtaget af forhandleren. Han inviterede mig ned i et lokale i kælderen, hvor der var en bar. På en barstol sad konsulenten. Han rakte hånden frem til hilsen. Jeg blev budt et glas whisky, men sagde nej, fordi jeg var overbevist om, at de ville bestikke mig. Jeg foreslog, at vi skulle have kaffe på Grand Hotel i Vejle. Forhandleren foreslog et cafeteria i nærheden, men jeg holdt på mit.

2

Jeg anbragte de to herrer på bagsædet og kørte. Jeg vidste ikke, hvor Grand Hotel lå, men pludselig holdt vi udenfor. Jeg stoppede midt på gaden. Forhandleren og konsulenten sprang ud af bilen og løb ned ad gaden. Jeg gik ind på Grand Hotel og bestilte kaffe af en sølvkande. Da jeg sad og nød kaffen, fik jeg sådan en ro over mig, og det stak i hovedbunden. Tjeneren kom og sagde, at min bil holdt i vejen. Jeg gav ham nøglerne og bad ham om at flytte bilen: Han kørte den ind i hotellets gård.

Jeg nød stilheden. Efter nogen tid kom tjeneren med regningen. Jeg bad ham om at sende den til mit firma

3

Det nye job indebar, at vi skulle flytte til Vejleområdet. Jeg benyttede derfor, når nu jeg var her, lejligheden til at se mig omkring. Jeg kom op til et område, der hed Bredballe, hvor der var udsigt ud over Vejle fjord. Jeg skrev slutseddel på en villa til 3.3 mil. kr. Dernæst ville jeg finde en lokal bank, og pludselig holdt jeg uden for Vejle Bank, hvor jeg oprettede bankbøger til mine børn og en til mig selv. Jeg indsatte ca. 14.000 kr. i alt.

4

Jeg kørte fra Vejle, og her skete der noget mærkeligt. På et hjørne stod der en skoledreng med en punkteret cykel. Vi læssede cyklen op i bagagerummet og kørte lidt ind i landet, hvor han skulle af ved en lille købmand. Efter at have læsset cyklen af følte jeg, at skulle skifte identitet. Jeg tog de ting, jeg havde i bilen, og lagde dem over i en rød bil, der holdt ved købmanden. I bilen lå der en hue, som jeg tog over hovedet, og så gik jeg ind til købmanden. Der var flere kunder, bl.a. en dame, som tog min hånd og førte mig udenfor. Hun tog huen af mig. Da hun så mine ting i sin bil, lagde hun dem tilbage, nussede mig på armen og sagde, at jeg skulle køre hjem. I en times tid kørte jeg rundt på må og få.

5

Jeg besluttede mig for at besøge min mor på Sydfyn. På det tidspunkt var jeg ikke klar over, at forhandleren i Vejle havde kontaktet mit firma i København. Dette havde ringet til min kone, som igen havde ringet til min mor. Da jeg ankom, åbnede min mor døren, og da jeg kom ind, mærkede jeg straks denne fornemmelse af fred og ro, som jeg havde oplevet i Vejle. Vi drak kaffe, sludrede lidt, men der blev ikke nævnt noget om, hvad der var sket den dag. Min mor syntes, at jeg skulle køre hjem og hvile mig.

6

Jeg tog afsked og startede op mod Kerteminde. Da jeg nåede vores bopæl, holdt lægen udenfor. Jeg tænkte på, om der var nogen, der var syge. Det viste sig, at han ventede på mig. Da jeg kom ind, følte jeg igen denne fred og ro. Lægen kiggede mig i øjnene, og jeg kiggede igen. Sådan stod vi længe. Jeg spurgte ham, om vi ikke kunne holde op, for jeg var sulten. Sammen med min kone fik han mig i seng. Jeg fik en indsprøjtning og faldt straks i søvn.

7

Næste morgen kom min kone ind i soveværelset. Min mor var der også.

Min kone sagde til mig, at fordi jeg var kommet ind i et nyt firma, skulle jeg have en pensionsordning. For at få denne skulle jeg undersøges af en læge. Jeg skulle slappe af for at få det bedste resultat. Derfor ville der komme en ambulance for at køre mig til Sygehuset i Odense. Jeg syntes, at det lød godt, og var med på den. Ambulancen ankom, og jeg blev båret ud i den. Ved siden af båren sad min kone og en Falckmand.

Lige før vi nåede Odense, sagde min kone, at der ikke var plads på Odense Sygehus, så vi var nødt til at køre videre til det næste store sygehus. Jeg fik en tanke om, at det nok var tosseanstalten i Middelfart, vi var på vej til, men jeg slog det hen, for jeg var jo ikke tosset, men havde det rigtig godt. Jeg var meget tørstig p.g.a. den indsprøjtning, jeg havde fået aftenen før. Jeg bad derfor om noget vand, men det havde man ikke i ambulancen. Jeg bad derfor Falckmanden om at hente noget vand, når vi kom til en bygning med toilet og håndvask på motorvejen . Det var sjovt at se en stor Falckmand komme med et lille plastick-rus med vand, så nogle gange bad jeg han om at gå to gange. Det morede jeg mig meget over. Jeg tror, at vi holdt ud for 4 toiletter på turen.

8

Da vi ankom til Statshospitalet i Middelfart, fik jeg
den tanke, i starten, at jeg skulle gøre alt rigtigt for
at komme ud igen. Derfor skulle jeg være meget
opmærksom på alt, hvad der skete. Ved en af byg-
ningerne standsede vi. Jeg rejste mig op og stod ud,
hvor der stod to plejere og bad mig om at benytte de
hjemmesko, der stod på jorden. Jeg så straks, at i den
ene stod der nr. 44, medens der i anden stod 43. Jeg
gjorde straks opmærksom på det og fik at vide, at det
var en fejl. Jeg følte mig selvsikker ved at have gjort
opmærksom på det. Jeg løb op ad en bred trappe.
Øverst oppe stod der en mand i lyse bukser og ternet
skjorte. Han sagde »Velkommen på afdelingen, jeg er
læge her.« Jeg svarede: »Du er da ikke læge. Du har jo
ingen kittel på.« »Hvis du vil have det, vil jeg da gerne
tage en på,« svarede lægen. Han gik ind på et kontor
og kom hurtigt tilbage med kittel på. Jeg gav ham
hånden og sagde: »Tak fordi jeg måtte komme.«

9

Jeg var stadigvæk tørstig. På lægens kontor var der en håndvask, som jeg måtte benytte.

Normalt er vandhanen til venstre varmt vand og den højre koldt vand, men her var det omvendt. Jeg gjorde straks opmærksom på det. Lægen mente, at det var rørsmeden, der havde lavet en fejl. Vi skulle tale sammen om, hvad der var sket, men dels kunne jeg dårligt tale p.g.a. en tør plet i halsen. Ud over denne gene stod jeg konstant bøjet over vandhanen.

Jeg fik tildelt en seng og skulle gennem nogle fysiske undersøgelser, blodprøver mm.

En sygeplejerske gav mig et termometer, hvor der var plastic udenom. Jeg spurgte, om plasticen ikke skulle af, men hun svarede, at jeg skulle stikke det op bagi, som det var.

Igen en fælde, tænkte jeg. Der var meget højt til loftet, og oven over sengen var en roset gledet et godt stykke ned ad ledningen. Jeg spurgte hende, om hun ikke skulle sætte rosetten på plads. Idet hun kiggende op mod lampen, rev jeg plasticen af termometret, og uden plastic stak jeg det op bagi. Sygeplejersken så lidt stram ud, men efter et øjeblik kunne hun ikke lade være med at grine. Efter disse undersøgelser fik jeg atter en indsprøjtning og sov i 14 timer.

Jeg var, ligesom andre nye patienter, anbragt på en lukket afdeling. Der var en del ældre mænd deroppe. Dem hjalp jeg lidt med deres mad og andre ting. Når de skulle handle i kiosken, der lå på området, fik de plejerne til det. Jeg så hurtigt, at plejerne snød de gamle, når de skulle have penge tilbage. Jeg fortalte det inde på kontoret. Sidst på eftermiddagen kom der en stor sorthåret plejer hen til mig. Han tog mig i kraven med højre hånd, løftede mig op fra gulvet og satte mig nærmest op ad væggen. Han sagde: »Du ved godt, at det skal være sådan.« Jeg svarede: »Ja, jeg ved godt, at det skal være sådan.« Sådan var forholdene åbenbart. Jeg syntes bare, at det var synd for de gamle.

På afdelingen var der en TV-stue. Ud over fjernsynet og to stole var der ikke andet. Der var ingenting på væggene. Jeg sad en aften og så TV. Der stod to plejere og sludrede derinde. De stod og ræbede og pruttede uden at tage hensyn til mig. Er der noget at sige til, at jeg kom til at hade mange af disse plejere.

12

Efter tre dage kom jeg på en åben afdeling. Det var som at komme fra helvede til himmerige. Der var en stor dagligstue med fine gamle møbler, malerier på væggene og mange blomster i vinduerne. Jeg fik en 2-sengs-stue, hvor den anden seng var besat af en mand på ca. 40 år. Han var meget flink, når han ikke røg af min pibe. Da jeg stadigvæk var lidt manisk, kom jeg hurtigt i kontakt med de andre patienter og personalet. Jeg talte en del med en gammel vognmand. Han havde fået et kunstigt ben, der ikke rigtig ville sidde, som det skulle. Når han havde disse problemer med benet, blev han ofte indlagt på statshospitalet med mindre depressioner. Han fortalte mig, at for mange år siden, hvor han lå på det somatiske sygehus, havde han fået et bækken. Dengang var et bækken en rektangulær stålkasse med skydelåge. En sygeplejerske, der gik forbi, troede, at han var færdig, og skød låget i med det resultat, at han fik klunkerne i klemme.

13

I min maniske periode havde jeg mange fantasier.
Jeg forestillede mig, jeg var adopteret. Jeg forestillede
mig, at mine forældre ikke var min far og mor, men
at en af mine kusiner var min mor. Da min bror kom
på besøg, forelagde jeg ham, hvad jeg havde opdaget.
Nu her bagefter kan jeg godt se, at han smilede lidt,
men han tog det pænt og alvorligt og sagde til mig,
at jeg skulle prøve at slappe af. Jeg fortalte ham også,
at de olietankbiler, der kørte rundt, alle sammen var
mit firmas. De andre malede vores biler om i deres
farver om natten og kørte med dem om dagen. Når vi
nu i dag taler om de forskellige episoder fra dengang,
er den episode med tankbilerne nok den, vi griner
mest af.

14

Jeg skulle beskæftiges med et eller andet og valgte gartneriet i stedet for at gå inde i terapien. Der var en gartner og en medhjælper, og i gennemsnit var vi fem patienter. Jeg stod udenfor ved et bord og plantede krysantemum i potter. Det var dejligt. Det var også rart at få lidt jord under neglene. Gartneren havde et lille hus, hvor vi sad og snakkede, hvis det regnede. Vi arbejdede fra kl. 9.00 og indtil kl. 12.00. Efter pausen startede vi kl. 13.00 og arbejdede indtil kl.15.00. Jeg havde fået at vide, at hver fredag kl. 15.00 var der kaffe med kage sammen med dem fra terapien. Gartneren kom hen til det bord, hvor jeg sad, og gav mig 20 cigaretter. Han sagde, at det var ugelønnen. Jeg blev helt rørt.

15

Efter at have været i gartneriet en dag var jeg godt svedig og beskidt, så jeg ville gerne i bad, men så snart der var badet om morgenen, blev døren låst til badeværelset. Jeg talte en del med en rengøringsdame, der var på afdelingen. Hun kunne godt se, at det var et problem med badeværelset. Hun havde en nøgle derindtil og lukkede mig ind og ud hver dag. Det var meget sødt af hende. Jeg fortalte det til gartneren, og jeg fik lov til at give min lille veninde en blomst hver fredag.

16

På det store område, hvor statshospitalet lå, var der mange træer. Når bladene skulle rives sammen, var vi et hold på ca. 15 mand, der tog os af det. Vi rev dem sammen i store stakke. Når vi kom tilbage efter frokost, var alle bladene ofte spredt igen, men det gav kun ekstraarbejde. Området var meget smukt. Det var meget kuperet. Hvis det satte ind med regn, var der nogle hytter, vi kunne sidde i. Ved sådan en lejlighed sad der en af mine medpatienter og kiggede ud ad åbningen. Jeg tror, han havde fået associationer til terrænet, da han udbrød: »Jeg vil gerne sige Golanhøjderne 12 gange«, og han gjorde det. Da disse højder dengang var meget omtalt fra medierne, havde han det nok derfra. Ingen af os havde nogen kommentarer til episoden, men han blev siden kaldt mr. Golan.

17

Jeg var til en samtale hos en læge. Han fortalte mig, at min diagnose var maniodepressiv.

Mit humør kunne være højt oppe eller helt nede. Ved hjælp af medicin ville man prøve på at ensarte mit humør. Jeg fik samtidig at vide, at det kunne være vanskeligt at regulere.

Jeg ønskede ikke, at min mani skulle stoppe. Jeg følte, at jeg ejede hele verden, og at ingen kunne forhindre mig i det. Jeg fik ofte nogle indsprøjtninger og en stor dosis piller.

Indsprøjtningerne var for at holde mig nede. Der var mange bivirkninger, svimmelhed, kvalme, rysten på hænderne og tørhed i mund og hals.

Jeg var alligevel så lykkelig, at jeg havde let til at græde.

Mit arbejde i gartneriet gik godt. Det var rart at arbejde ude i den friske luft. Hver fredag fik alle afdelinger på hospitalet en frist buket blomster fra gartneriet. Jeg fik det arbejde.

På en trækvogn med gummihjul blev blomsterne anbragt i spande med vand i. Jeg kørte så rundt og afleverede blomster på alle afdelingerne.

Jeg kom både på åbne og lukkede afdelinger.

Jeg tror, at mit indtryk af alle disse personer, nogle mere syge end andre, var med til at starte min nedtur. Jeg blev forvirret, indesluttet og mistede totalt min koncentrationsevne. Jeg kunne ikke samle mine tanker og følte mig totalt magtesløs.

Hver aften, når jeg gik i seng, bad jeg til Gud om, at det ville gå over næste morgen, men lige så snart jeg slog øjnene op, var det det samme igen.

Den totale depression var startet.

18

Vi havde fået solgt vores hus i Kerteminde og havde lejet en gård i nærheden af Horsens.

Lægen mente, at når jeg engang kom hjem, ville det være rart at opholde sig på landet i nogle år.

19

En dag kom min daværende kone, mine børns mor, på besøg på hospitalet. Vi sad ude i solen og drak kaffe. Jeg var meget deprimeret. Pludselig tog hun et dokument op af tasken. Hun forklarede mig, at det var et stykke papir til ejendomshandleren, som jeg havde glemt at skrive under. Uden at læse det igennem skrev jeg under i god tro.

Det viste sig, at jeg havde skrevet under på et pantebrev, som fruen solgte for kr. 30.000.

Da jeg senere var hjemme en lørdag, havde hun købt møbler for ca. 6.000. Resten af pengene var »bare« væk. I min depressive tilstand var jeg ikke i stand til at indlade mig i diskussioner. Det var nok ved denne lejlighed, at jeg fandt ud af, hvordan min første kone egentlig var. I mine sygdomsperioder var hun heller ikke til stor hjælp.

20

Da jeg rigtig skulle til at holde weekend hjemme, gik det ikke godt. Jeg kom ofte hjem fredag eftermiddag, og allerede til aften ville jeg tilbage til hospitalet. Mine to søstre kørte fra Fyn og næsten til Horsens for at køre mig tilbage. Det var jeg dem meget taknemmelig for. Så snart jeg kom til hospitalet, og døren var lukket bag mig, faldt jeg til ro.

Mine forældre var flinke til at besøge mig. Når de kom, kørte vi ofte ned til stranden under den gamle Lillebæltsbro. Min mor havde kaffe og kage med. Vi sad her og hyggede os, og jeg kunne næsten føre en normal samtale. Vi sad her mange gange i et par timer, indtil vi returnerede til hospitalet.

21

Mange gange var det svært at falde i søvn. Jeg sad mange nætter og talte med en lille sød nattevagt. Normalt måtte vi ikke stå op, så når oversygeplejersken gik igennem afdelingen, skulle jeg gemme mig ude i køkkenet, for at nattevagten ikke skulle få skideballe. Hun var rar at tale med. Vi lærte hinanden at kende på en helt speciel måde. Hun sagde til mig, at hvis jeg ikke blev rask, ville hun tage mig med hjem og gøre mig rask. Jeg ved ikke helt, hvad hun mente, men jeg havde en anelse.

22

En aften, da vi sad og spiste, kunne jeg pludselig ikke synke. Jeg blev bange og ville gå ind på min stue, men jeg kunne ikke styre mine lemmer. Jeg gik ligesom »Tummelumsen« i »Livsens ondskab«. Uden at nogen så min gangart, gik jeg ind på stuen, hvor jeg straks gik i seng. Lidt senere kom der en sygeplejerske ind og spurgte mig, om der var noget galt. Jeg sagde, at jeg var træt og ville sove. Jeg turde ikke fortælle hende sandheden. Jeg var vågen hele natten og spekulerede på, hvad det måtte være. Hen ad morgenstunden var jeg kommet til det resultat, at jeg godt kunne acceptere at gå sådan resten af mit liv, bare depressionen ville holde op.

Mine forældre kom næste dag. De foreslog, at vi gik en tur. Under turen kom denne mærkelige gangart igen. Min far mente, at jeg fik træk, og han anbefalede, at vi gik tilbage til hospitalet. Jeg gik straks i seng. Mine forældre talte med en læge, og det viste sig, at jeg havde fået for meget medicin, der bevirkede denne krampagtige gang.

Hele denne nat græd jeg af glæde. Den eneste gang, jeg har været glad under en depression.

23

Efterhånden som tiden gik, fik jeg det lidt bedre. Jeg begyndte at vise mig i dagligstuen om aftenen. Jeg spillede kort og begyndte at lægge puslespil. Det var dejligt at mærke, at det gik fremad, men lynhurtigt kunne det gå tilbage igen. Nogle aftener, når det gik rimelig godt, gik vi nogle stykker ned i byen for at få en øl. Det var hyggeligt.

24

Jeg skulle en dag tale med en læge om min tilstand. Det var en lille skaldet mand med hornbriller. Han sad bag et skrivebord. På den anden side stod der en stol. Det var det eneste, der var i lokalet. Væggene var bare. Han sagde til mig, at hvis jeg ikke blev rask, ville man give mig chokbehandlinger. Da han sagde dette, blev jeg helt svedig og bange.

Disse behandlinger giver man fortrinsvis ældre mennesker, fordi man mister en del af hukommelsen efter behandlingen.

Jeg tænkte på disse behandlinger dag og nat og frygtede, at han ville gøre alvor af det. Det blev dog gudskelov ikke til noget.

25

På området var der en kiosk og et postomdelingssted. Det var en pige, der kørte rundt med post. Hun var en 18-19 år. Jeg mødte hende nogen gange på området, hvor vi sludrede lidt. Efterhånden blev det en aftale, at vi mødtes hver dag. Det var vældig rart at få et pust ude fra det virkelige liv.

På et tidspunkt kom der cirkus til Middelfart. Hele Statshospitalet var inviteret derned, helt gratis. Tilslutningen var stor. Jeg var dog ikke med. Jeg synes ikke, at der var noget ved, at et cirkus skulle besøge et andet cirkus.

26

Mine weekender hjemme blev længere, men der var stadig mange gange, hvor mine søstre hentede mig og kørte mig tilbage. Min bror og tit også min svigerinde besøgte mig jævnligt. Jeg kan særlig huske en aften, hvor de kom. Vi kørte ud til en kro, hvor vi hyggede os med kaffe og kage og fik en god sludder. Jeg tror, at det var sådan nogle ting jeg fik det godt af, i hvert fald for en stund.

27

Efter 7 måneder blev jeg udskrevet. Jeg gik hjemme i lang tid og var deprimeret. Jeg genoptog mit arbejde, men det var ikke det samme som før.

Jeg syntes, jeg havde mistet mit selvværd og min selvtillid, så jeg havde meget svært ved at foretage kundebesøg. Det var jævnt trist det hele. Jeg ville gerne videre i mit liv, men der var ingen drivkraft.

Vi blev dog enige om at flytte til Fyn igen.

Jeg var aldrig glad, var forvirret og havde svært ved at tage mig sammen. Jeg begyndte at læse til merkonom i markedsføring på Tietgen-skolen i Odense. Jeg var ikke så hurtig til at indlære mere, men jeg ville igennem det. Jeg brugte væsentlig mere tid på det end mine medkursister.

28

Vores forhold blev ikke bedre. For at få ro omkring så mange ting, bl.a. at læse, foreslog jeg nu skilsmisse. Min kone blev meget ked af det, jeg tror, at det var skuespil, men vi blev da enige om, at jeg skulle have den yngste pige boende, medens hun skulle have den mellemste dreng og den største pige. Jeg kan huske, at jeg tog børnene med i bilen og kørte ned til mine forældre for at fortælle, hvad vi havde besluttet. De var selvfølgelig kede af det, men kunne godt se, at det nok var den bedste løsning.

Vi flyttede fra hinanden. Jeg blev boende i huset sammen med min datter. Efter kort tid ville min dreng også bo hos mig, og lidt senere kom min ældste pige. Jeg giftede mig med en anden kvinde. Hun havde en dreng. Vi var pludselig en storfamilie på 6 personer.

30

Min samleverske havde ingen humoristisk sans. En dag, hvor vi var i Kvickly, havde jeg så meget luft i maven, at jeg skulle slippe en vind. Vi gik ved nogle reoler, hvor der var mel og sukker og den slags. Jeg troede ikke, der var andre end os, så jeg knaldede en ordentlig en af. Lige i det samme kom der et ægtepar hen imod os. Jeg lagde hånden på min kones skulder og sagde: »Det skal du ikke være ked af. Det kan ske for enhver.« Så skulle vi hjem, og den dag var ødelagt.

Hvis jeg en dag kom hjem fra arbejde og havde hørt en god historie, fortalte jeg den straks. Hun sagde ingenting. 10 minutter efter udbrød hun: »Den var ikke morsom.« Er det til at forstå, at jeg i de år, vi var sammen, ikke var indlagt flere gange med depressioner på grund af hendes manglende humoristiske sans? Nogle gange kunne man god rive sig selv lidt i håret.

Jeg var medlem af Lions Club. En aften efter en sammenkomst i klubben kom jeg hjem ved 4-tiden i en taxa. Vi boede på adressen Søskrænten 10. Jeg kan huske, at jeg lå på knæ ved trappen for at finde nøglehullet. Da jeg kom ind, listede jeg mig hen til soveværelsesdøren, lukkede forsigtigt op, tændte det lille lys og begyndte at klæde mig af. Da jeg havde fået bukserne ned på knæene, kiggede hun lige op over dynen. Jeg sagde til hende: »Det er da vel nr. 10?« Det blev hun meget sur over. Da jeg endelig kom i seng, sagde hun, at jeg lugtede, og bad mig om at vende mig om. Med stort besvær fik jeg vendt ryggen til hende, men ak, — Hun sagde: »Det blev det ikke bedre af.« Hvis jeg skal tolke den bemærkning, er det faktisk første og eneste gang, jeg har hørt en humoristisk bemærkning fra den side.

31

I denne periode og i nogle år frem passede jeg mit arbejde, men det var uden nogen form for begejstring. I perioder var jeg meget deprimeret, men klarede mig igennem alligevel.

Jo mere deprimeret jeg var, jo mindre selvtillid havde jeg. Hvis man ikke har den, duer det ikke at være en god sælger.

32

En af mine venner fortalte mig, at der var mange penge at tjene inden for forsikring. Skønt jeg gik rundt og var halvdeprimeret, søgte jeg et ledigt job i branchen og fik det.

Dels skulle man sælge forsikringer og dels gå på forsikringshøjskolen. Uddannelsen tog 3 år. I mine mørke stunder havde jeg det svært med at følge med. Det bevirkede, at jeg måtte gå to enkeltfag om.

Der skulle gå 12 år, inden der skete det helt store igen. Børnene var flyttet hjemmefra, og min samlever og jeg var gået hver til sit.

Jeg sad en dag inde på mit forsikringskontor, da jeg startede med mine fantasier igen. Denne gang troede jeg, at min far var min onkel. Jeg ringede til min kusine for at spørge hende. Hun svarede, at det kunne ikke passe, fordi min mor og min onkel altid havde hadet hinanden. Jeg ringede flere steder hen, men kunne ikke få det bekræftet. Jeg satte kontoret på den anden ende. Jeg kunne simpelthen få det hele til at fungere. Manien var startet.

Min chef spurgte mig, hvem jeg egentlig var, og hvor jeg kom fra. Jeg svarede ham, at jeg havde samme adresse som altid. Jeg havde bare fundet på nogle lettere arbejdsmetoder. Det syntes han var alle tiders.

Jeg holdt tidligt fri og tog til husmoderstrip. Det var alle tiders. Jeg ville ind i »ringen« til en af dem, men det måtte man ikke. Jeg drak to øl og kørte ud til min ældste datter. Det er sjovt, men den fornemmelse, jeg havde på Grand Hotel i Vejle med ro, kom igen, da jeg trådte ind hos min datter. Vi fik kaffe. Jeg tror nok, at min datter kunne se, at der var noget under opsejling. Jeg kørte hjem og lukkede mig inde. Jeg havde nemlig et problem, som jeg havde tænkt meget over. Nu skulle det løses. Problemet var: »Hvem er Rip, Rap, og Rup's mor?« Jeg havde en stak Anders And-blade liggende og begyndte at læse i dem igen. Lige inden jeg havde løsningen, kunne jeg ikke forstå

det og måtte begynde helt forfra igen. I løbet af natten
drak jeg en flaske Vodka og en kasse øl. Min telefon
ringede hele tiden, men jeg tog den ikke. Ingen skulle
forstyrre mig i mine undersøgelser.

34

Det var min mor, der havde ringet. Hun og min far kom om formiddagen. De havde ringet til min læge. Han ville komme. Da lægen kom, stod han og mine forældre ved siden af hinanden. Jeg pegede på min mor og sagde: »Du er min mor«, pegede på min far og sagde: »Du er min far«. Til sidst pegede jeg på lægen og sagde: »Og du er en vatpik«.

Alle tre blev meget forargede, ikke mindst lægen. Det blev ikke bedre, da jeg lidt senere bød dem på rødvin.

Det var søndag, så jeg skulle på Statshospitalet om mandagen. Min far og mor blev hos mig indtil næste dag. Min far sov om natten, min mor sad og læste, og jeg for rundt omkring og havde det rigtig godt. Jeg var så lykkelig, så jeg indimellem græd.

35

Næste formiddag kom ambulancen. Jeg gik selv ned og lagde mig på båren. Min mor sad ved siden af. Min far kørte med i sin egen bil.

Turen derhen gik godt, og efter 12 år genså jeg atter »Tosseanstalten«.

Denne gang kom jeg direkte på den åbne afdeling og fik det samme værelse, som jeg havde første gang, jeg var der. Selv om jeg var meget manisk, var det alligevel anderledes end første gang. Jeg kendte stedet fra før, og jeg kendte også nogle fra personalet. Noget af det første, jeg gjorde efter at have talt med en læge, var at besøge gartneren. Han havde fået besked om, at jeg kom, og han tilbød straks et job. Jeg skulle gøre et bed rent, hvor der havde været sommerblomster. Vi aftalte, at jeg skulle komme igen den følgende mandag. Jeg var meget sløv af alle de indsprøjtninger, jeg fik, for at jeg skulle falde ned igen. Manien var kortvarig denne gang. Da der var gået 3 uger, bad jeg om at blive udskrevet, uden at tænke på, at der kom en depression bagefter. Jeg blev anbefalet at blive noget længere, men da jeg var bange for at miste mit job, holdt jeg fast ved beslutningen.

36

Allerede på første arbejdsdag efter sygepausen kunne jeg mærke nedturen. Da jeg mødte op, stillede alle mine kollegaer store krav til mig. Sidst de så mig, var jeg jo manisk. Det gik så galt, at jeg måtte sige op.

Jeg havde nu en periode, hvor jeg var hjemme. Jeg var meget deprimeret og lukkede mig fuldstændig inde. Jeg kunne ikke foretage mig noget som helst. Denne depression var den værste, jeg havde haft. Det var lige meget, hvad jeg prøvede på at tænke. Alt var negativt. Jeg søgte ikke læge. Det orkede jeg simpelthen ikke.

Når man har det sådan, tror man, at det aldrig vil gå over. Ingenting kan gøre en glad. Min familie gjorde meget for at få mig »op at stå igen«. Jeg er dem meget taknemmelig, men ingenting hjalp.

Nogle gange kunne jeg finde på at invitere nogle venner og kunne være lidt glad for tanken, men lige så snart de kom, satte jeg mig i et hjørne og sagde ingenting. På grund af disse situationer mistede jeg en del af mine venner, men de trofaste blev tilbage.

Jeg begyndte så småt at bevæge mig ud og gik nogle ture. Jeg besøgte mine børn og prøvede på at tale med dem. Jeg tror, at de havde fået nok af sygdom, men de prøvede at hjælpe mig. Hvis jeg trængte til lidt hvile og en god snak, besøgte jeg ofte en af mine søstre. Vi kunne sidde ude i haven og snakke. Vi kunne også bare sidde tavse. Her stillede man ingen krav. Det var et af de steder, hvor jeg kom meget ofte

Efter et halvt års tid begyndte jeg at få det bedre, men det svinger meget. Der kan godt være to gode dage efterfulgt af tre dårlige. De dage, hvor jeg havde godt, gik jeg og frygtede, hvornår de sorte dage ville komme.

Jeg giftede mig igen, nok i panik. Der er ikke meget at skrive om fra denne korte periode; vi var gift ca. 4 år. I den periode var jeg nærmest lettere deprimeret.

Jeg søgte et job i forsikringsbranchen og fik det. Jeg var på nogle introduktionskurser, og allerede her konstaterede jeg, at der var noget galt. Jeg følte, at jeg var lige hurtig nok.

Jeg slog det hen med, at jeg havde været væk fra arbejdsmarkedet i lang tid, og glædede mig til at komme i gang.

Når man er manisk, ved man ikke, at man er det. På en eller måde lever man i en drømmeverden. Alt, hvad man foretager sig, mener man er rigtigt.

Nogle køber også mange ting. Det har jeg ikke været så slem til. Undtagelsen var det med huset i Vejle.

Når man går og fantaserer om, at man eventuelt er en anden person, røber man sig ikke over for nogen. Det må jo ikke være sjovt at lege Napoleon i fuld uniform, hvis han møder en anden Napoleon i samme påklædning.

Jeg var i det nye selskab i tre dage, inden jeg blev manisk. Jeg kan huske, at når jeg gik i bad om morgenen, svimlede det hele for mig, og jeg tænkte meget hurtigt.

38

Jeg var ved læge, ham jeg kaldte vatpik, og fik en henvisning til sygehuset.

Denne gang skulle jeg ikke på Middelfart. De amtslige sygehuse havde fået gode psykiatriske afdelinger.

Inden jeg skulle indlægges, skulle jeg lige til halslæge. Mine forældre var med. Inde i venteværelset sad der omkring 12 personer. Midt på gulvet stod der et lille rundt børnebord med tilhørende stole. På bordet lå der en stak legoklodser. Jeg satte mig ned på en af de små stole og byggede et hus.

Ikke en eneste af de ventende mennesker gav en lyd fra sig. Alle var tavse. Mine forældre var flove.

De børn, der ville hen til bordet for at lege, blev holdt tilbage af deres forældre.

Da det blev min tur, sagde jeg pænt farvel i venteværelset. Ikke en sagde noget. De sad nok og tænkte, at det var den mest skøre skid, de nogensinde havde set.

Vi kørte videre og kom til sygehuset. Først skulle jeg igennem lægevagten. Han spurgte om nogle få ting og bad mig skrive under på konsultationen. Min hånd var så spændt, at jeg ikke kunne skrive. Da jeg kom ind på afdelingen, hang der et kort med ugens menuer. Jeg kiggede straks på det for at se dagens menu. Da det var noget, jeg godt kunne lide, meldte jeg straks til køkkenpersonalet, at jeg gerne ville spise med. Det måtte jeg gerne.

Jeg mødte en sygeplejerske. Hun bød mig velkommen
og sagde til mig, at i løbet af ca. 15 min. skulle jeg tale
med en læge Jeg var bekymret for, at det ville blive
til spisetid, men hun lovede, at hvis det blev det, ville
der blive sat mad til side til mig.

Jeg talte med lægen. Han var ikke så stor og bar bril-
ler. Han spurgte mig om, hvordan det var startet
denne gang, og jeg forklarede, hvad jeg havde været
ude for. Jeg var meget rastløs og kunne næsten ikke
sidde stille på stolen. Han ville give mig noget medi-
cin, der skulle dæmpe mig ned, men han sagde, at der
ville gå nogen tid, inden det virkede. Selv om det var
en åben afdeling, lovede jeg ikke at forlade hospitalets
område, før han gav mig lov til det.

39

Der var omkring 20 patienter på afdelingen. De sad mere eller mindre og kiggede på hinanden. Der var morgenmad kl. 8.00 og middagsmad kl.12.00, eftermiddagskaffe kl. 14.00 og aftensmad kl. 18.00. Aftenkaffen fik vi omkring kl. 19.30. Da der ikke var meget at beskæftige sig med, blev disse klokkeslæt højdepunkter.

En aften, hvor jeg var meget manisk, kom der en sygeplejerske og spurgte, om jeg ville med ud at gå en tur. Det ville jeg gerne, og vi gik hele vejen rundt om sygehuset. Det psykiatriske sygehus var bygget sammen med det somatiske.

Sygeplejersken sagde til mig, at hun kunne se på mig, at der skulle ske noget. Det havde hun ret i. Turen var dejlig.

40

Det er, som omtalt, pragtfuldt at være manisk. Ulempen er dog, at man ikke kan sove. Hvis man så ligger på en 6-mands-stue, hvor der er godt varmt, er det næsten ikke til at holde ud. Hvis jeg stod op på denne afdeling kunne jeg få lov til at sidde i opholdsstuen i ganske kort tid, inden jeg skulle tilbage til sengen og fantasere videre.

For at komme i bad inden morgenmaden skulle man have travlt. Der var kun 2 badeværelser til 20 mand. Jeg stod som regel tidligt op, så jeg havde ingen problemer med at komme i bad.

Efter morgenmaden var der morgenmøde, hvor dagens aktiviteter blev læst op. Det kunne være malegruppe, korte og lange gåture, anden terapi og ellers forslag fra patienterne.

Der var også morgengymnastik. Den tid, jeg gik inde på hospitalets område, var jeg meget rastløs. Der skulle helst ske meget mere.

41

Ved siden af hospitalet lå der en kirkegård, og i forbindelse dermed en lille kirke. Når kirkeklokken ringede, havde jeg en brændende lyst til at komme derhen, men jeg havde jo en aftale om, at jeg ikke måtte gå uden for hospitalsområdet. Jeg gik ikke ud ad lågen, men klatrede over muren Da jeg kom ind i kirken, kom der en lille sød pige og gav mig en salmebog.

Efter gudstjenesten var der kaffe og kage. Efter at have sagt pænt tak kravlede jeg atter over muren og gik ind på min afdeling, hvor de havde ledt efter mig alle vegne. Da jeg fortalte, hvordan og hvad jeg havde beskæftiget mig med, begyndte de at grine.

Jeg begyndte at gå med på den lange tur om formiddagen. Det var en skrap tur i kuperet terræn. Terapeuten, der var med os, var ligeglad med, om vi kunne følge med. Han gik bare videre og råbte efter os. Den lange tur holdt jeg hurtigt op med …

En dag kom terapeuten og sagde til mig, at hospitalet havde opkøbt nogle villaer, der lå i nærheden af hospitalet. Ved et af de huse var der en forhave, der ikke så alt for pæn ud.

Min opgave blev derfor at gøre denne have ren. Jeg fik 2 dage til det, men jeg klarede det på 1½ time. Det var selv terapeuten imponeret over.

Jeg fik fri om eftermiddagen, og fra min mobiltelefon ringede jeg til min mor og spurgte, om hun havde noget, jeg kunne lave. De ville gerne have haven gravet. Jeg kørte derud, og i løbet af en time var det gjort. Vi sludrede sammen resten af eftermiddagen, og jeg kørte tilbage til hospitalet.

42

Denne mani var voldsom. Der skulle hele tiden ske noget. Selv om mit udgangsforbud ikke helt var hørt op, gik jeg ud alligevel Jeg kunne ikke holde ud at være på hospitalet.

En af mine veninder fulgte en dag efter mig ned i byen. Hun har fortalt, at jeg havde været i 18 forskellige butikker på ca. 15 minutter. Jeg ved ikke, om jeg købte noget.

I en mani føler man sig rask og har det bare godt. Trods det vender man alligevel tilbage til sygehuset. Det kan måske skyldes, på trods af manien, at man alligevel nærer en form for autoritetstro.

Hver dag gik jeg ned på posthuset og hentede Erhvervsbladet. Jeg købte en øl på en cafe og læste bladet der. Det var et af dagens højdepunkter.

En dag, jeg kom tilbage efter et af mine cafebesøg, stod der en sygehjælper i døren til afdelingen. Hun ville have, at jeg skulle ånde på hende. Hun fortalte mig, at jeg lugtede af øl, og det måtte man ikke. Jeg svarede, at det havde jeg ikke hørt noget om. Jeg blev sur og satte mig over på kirkegården på en bænk. Jeg sad og blundede, da sygehjælperen gik forbi og udbrød: »Nåh, er det så galt!« Jeg lod, som om jeg sov.

43

Der var ikke meget udendørsarbejde tilknyttet til afdelingen, så jeg gik engang imellem ned i terapien. Min ældste datter ønskede sig en bil, så jeg lavede en pung i læder og lagde kr. 50,00 i. Jeg fremstillede en æske, som den skulle ligge i. I en avis fandt jeg køb-og-salg-siderne for biler og limede nogle af disse sider på æsken. Hun blev meget glad for pungen, og hun har også fået bil.

Normalt er jeg ikke særlig kreativ, men i mine manier kan næsten alt lykkes for mig.

En dag, da jeg havde været på posthuset, gik jeg ind i en skoforretning for at se på sko. Herreafdelingen lå på første sal. Da jeg kom derop, stod der et ungt par. Rundt omkring dem stod der masser af sko. Jeg kunne forstå, at manden ønskede et par sko, hvortil han skulle bære habit.

Jeg så på, medens han prøvede et par hyttesko med et lille diskret spænde på.

Jeg gik nu hen til ham, satte min skosnude mod skosnuden på den sko, han lige havde taget på, og sagde: »Jeg synes, at du skal tage den der.« Hans kone sagde: »Du har måske forstand på sko? »Næh,« svarede jeg, »med jeg lagde mærke til, at da din mand trak skohornet op, lød der en dejlig blød lyd, så jeg tror, at de sidder godt. Jeg synes også, de er pæne til en ung mand i habit. Prikken over i'et er nok det lille metalspænde.«

Jeg gik videre i afdelingen for at se på sko. Et øjeblik efter gik parret hen mod trappen. Manden slog mig på skulderen og sagde: »Vi tog imod dit råd.«

Et øjeblik efter kom den lille skodame, jeg tror, hun var elev, op i afdelingen igen. »Hvordan gjorde du?« spurgte hun. »Lille ven,« sagde jeg »Du skal altid finde ud af, hvad kunden ønsker sig, og hjælpe ham med at få det. Det i sig selv begrænser de sko, du slæber frem. Lad være med at prøve at sælge ham noget, han ikke vil have.«

En ældre ansat kom også og sludrede. Da vi kom ned i underetagen, blev jeg fulgt til dørs af indehaveren. Han ønskede mig på snarligt gensyn. Alle de rare mennesker i skobutikken glemte en ting: AT SÆLGE MIG ET PAR SKO.

44

Reklame og markedsføring bruger jeg en del i min hverdag.

Når jeg er manisk, bruger jeg det helt anderledes Den ene ide efter den anden ruller frem.

Hvis man forestiller sig, at man kunne være manisk nogle gange om året uden at blive depressiv, så kunne man lukke personen ud i erhvervslivet i de maniske perioder, holde øje med ham, fjerne ham til en hvileperiode og så af sted igen.

Det ville naturligvis tære på kræfterne, men sikke et liv. Jeg ville hellere slide mig op arbejdsmæssigt end sidde og være deprimeret og slet ikke kunne foretage mig noget.

Manien begyndte at forsvinde for at blive overtaget af depression. Det er lige forfærdeligt hver gang. Man føler sig fuldstændig magtesløs og kan ikke finde mening med livet. Minutterne, timerne og dagene bliver lange. Ingenting kan opmuntre en til at få det bedre. Man sidder bare stille og glor ud i luften. Man kan ikke koncentrere sig, men drikker masse af kaffe og ryger et hav af cigaretter dagen lang. Jeg har også prøvet med øl. Det dulmer lige i det øjeblik, man drikker det, men det bliver meget værre bagefter.

Jeg var hjemme i perioder, men klarede mig dårligt. Allerede nu kunne jeg indse, at jeg ikke kunne magte et job igen, jeg måtte simpelthen holde mig fra arbejdsmarkedet.

Efter ca. 5 måneder blev jeg udskrevet og fik sygedagpenge.

Jeg gik hjemme og havde det ikke godt. Jeg var deprimeret, selv om jeg blev fyldt med medicin. Jeg syntes ikke, at der var nogen mening med livet. Jeg har aldrig tænkt på at tage mit eget liv, men jeg har tænkt på at få fred.

Jeg gik i mange måneder og havde det rigtig dårligt.

Jeg tænkte på at søge om pension. Jeg var da 52 år gammel. På kommunen oplyste de mig om, at jeg havde en sagsbehandler. Ved det første møde med hende skulle jeg have dokumentation for, hvad jeg havde beskæftiget mig med. Hun fik de oplysninger,

og vi talte om min sygdom. Samtidig havde sagsbe-
handleren fået en udtalelse fra sygehuset, hvor jeg
havde været indlagt. Jeg fortalte hende om mine ma-
nier og depressioner. Hun kunne godt forstå, at jeg
havde svært ved at have et job. Hun var i det hele
taget meget imødekommende. Jeg blev orienteret om,
at sagen blev overdraget til amtet, og behandlingsti-
den ville vare ca. 1/2 år ....

Jeg gik stadigvæk hjemme og havde det dårligt. Jeg
gled mere og mere ind i mig selv.

46

En morgen, da jeg vågnede, kunne jeg mærke, at der var sket noget. Jeg havde meget fart på. Det hele skulle gå fandens hurtigt. Jeg var blevet manisk igen.

Jeg gik, eller snarere løb, ned til min læge, ham I ved, fik en indlæggelsesseddel og tog en taxa ned til sygehuset, hvor jeg blev modtaget af den samme læge, som var der, sidste gang jeg var indlagt. Jeg var så højt oppe, at jeg dårligt kunne tale. Han bad en sygeplejerske om at give mig noget medicin, der forhåbentlig, på et eller andet tidspunkt, skulle slå manien ned. Jeg blev lagt i seng, helt svimmel, og sov i mange timer.

Næste morgen var jeg tidligt oppe, gik i bad, fik morgenmad og var med til morgenmødet. Vi blev orienteret om, hvad der skulle foregå i løbet af dagen. Jeg ville ikke være med til noget af det, men gik en tur for mig selv. Da jeg kom tilbage, fik jeg at vide, at det måtte jeg ikke. Jeg skulle følges med de andre. På sygehuset var der, som tidligere omtalt, ikke noget arbejde ude i det fri, så det var lidt trist, når nu man havde så meget energi.

Jeg gik og spekulerede på, hvem jeg egentlig var. Jeg kunne jo ikke nøjes med at være mig selv.

Jeg så på forsiden af et gammelt Se og Hør et billede af ham Matadoren, men jeg kom i tanke om, at han ikke lignede mig ret meget, så ham kunne det ikke være.

Inde på min stue løb der oppe ved loftet nogle ledninger, formodentlig telefonledninger.

Jeg lå i min seng og tænkte på, om jeg måske havde en høj stilling ved telefonvæsenet.

Dette slog jeg dog hurtigt ud af hovedet.

Pludselig slog det ned i mig. »Du er sygehusdirektør«. Ham havde jeg nemlig ikke set, så jeg kunne nemt lege ham inde i mig selv. Når jeg legede ham, havde jeg hvid skjorte, blå bukser og sorte sko på.

Jeg gik meget rundt på det somatiske sygehus. Jeg gik ind på den afdeling, hvor der var mødre med nyfødte børn, og lykønskede dem alle hver især. Alle smilede og var glade. På en anden afdeling, hvor der lå ældre, var der en dame, der skulle have bækken. Jeg for ud i skyllerummet og hentede sådan et. Det sjove var, at de ansatte ikke (så) mig. På nogle afdelinger var jeg inde og hilse på alle stuerne.

En dag gik jeg, som sygehusdirektør, forbi røngentafdelingen, der var blevet renoveret. Der var kommet nogle nye maskiner og nye friske lyseblå farver.

Idet jeg gik forbi, tænkte jeg: »Hvad fanden, har du også lavet det?«

En dag så jeg sygehusdirektøren. Så snart jeg vidste, at det var ham, forsvandt min direktør inde i maven. Fra den dag optrådte jeg aldrig som ham. Nu ville jeg være mig selv.

47

Jeg fik et godt job på afdelingen, hvor jeg lå. Patienterne sov til middag fra kl. 13.00 til kl. 14.00 hver eftermiddag. Jeg skulle vække dem kl. 14.00. Det foregik på den måde, at jeg bankede på værelsesdøren og råbte: »Klokken er 14.00«.

Jeg kunne godt lide, at man skulle bruge en myndig stemme.

En dag gik jeg ind på patologisk afdeling, der lå ved siden af min afdeling. Jeg bankede på. Ingen svarede, så jeg lukkede døren op. Der var ingen på kontoret. Der var fine gamle møbler og et stort skrivebord, hvor der lå mange papirer og bøger. Jeg gik hurtigt papirerne igennem, men de havde ingen interesse for mig. I stedet for satte jeg mig i den bløde kontorstol og begyndte at læse i en bog. Den var ganske interessant, handlede om obduktion. Jeg var der en times tid. Hvad mon jeg ville have fundet på, hvis der var kommet nogen?

Under afdelingen var der depot. Jeg gik derned, gav ham, der passede det, hånden til hilsen, gik videre hen til nogle kasser danskvand fra Tuborg, tog en, gik hen til manden og gav ham hånden til farvel. Jeg tror, at han blev meget forbløffet, for han sagde ikke en lyd.

48

Jeg gik en dag ind i lægernes kantine, hvor der sad mange læger og spiste. Jeg gik op og tog noget mad. Idet jeg gik forbi kassedamen, råbte hun efter mig. Jeg smuttede hurtigt hen til et bord. Da der var meget travlt, troede jeg, at hun havde glemt episoden. Jeg spiste i ro og mag. Da jeg var færdig, smuttede jeg ud af kantinen. På det tidspunkt vidste jeg ikke, at kassedamen havde ringet op til min afdeling og havde fået konstateret, at jeg kom deroppefra. Da jeg kom derop, blev jeg ført ind til afdelingssygeplejersken, der gav mig en ordentlig skideballe. Jeg lovede hende aldrig at gå derind igen.

En aften, da vi sad i opholdsstuen, ca. 20 personer, skete der ikke rigtig noget. Jeg foreslog derfor, at vi alle sammen byttede medicin. Særlig de ældre blev vrede på mig, og nogle blev forargede.

Jeg skulle på toilettet og så ved siden af en toiletdør, at lyset var slukket. På samme tidspunkt, som jeg tog i døren, tændte jeg lyset. Døren var låst. Inde fra toilettet var der en kvindestemme, der sagde »Sluk lyset, for helvede«.

Sådan var der så mange ting. Vi havde alle sammen vores særpræg.

Jeg hørte, at der på en anden afdeling var indlagt en mand med svære problemer. Når han ikke var indlagt, boede han hos sine forældre.

En aften ringede han hjem til dem og skældte dem
ud. Det var rigtig voldsomt. Inden han sluttede samtalen, råbte han ind i røret: »og hils katten, for helvede.«

En dag skulle vi bage i afdelingen. Vi manglede
nogle varer, og jeg blev sendt over i køkkenet efter
dem. For at komme til køkkenet skulle man igennem sygehusets forhal, hvor der altid sad mange
mennesker. Den dag havde jeg hvid skjorte og blålige lærredsbukser samt sorte sko på. Da jeg nåede
forhallen, tror jeg nok, de tænkte, at her kom en
af idioterne. Min påklædning kunne godt ligne en
»tosseuniform«.
I køkkenet fik jeg mel, sukker, gær, margarine, æg
og mælk. Jeg bad om en kasse til at have det i. Svaret var, at jeg selv kunne finde en kasse ude bagved.
Jeg fandt en ølkasse uden ruminddeling, hvor jeg
anbragte varerne. Mælken stak et stykke op over ølkassens kant. Da jeg gik tilbage, havde jeg på fornemmelsen, at dem i forhallen kunne høre mine skridt
og tænkte: »nu kommer idioten tilbage igen«, og jeg
tror, at da jeg drejede ind i forhallen, tænkte de: »og
han bærer på en ølkasse med mælk i.«

En af mine medpatienter var en ældre mand. Han var
menneskesky. Han ville kun tale med os, som han
kendte. Når vi var nede i byen, gik han derfor midt
på kørebanen til stor gene for trafikken. Han ville
simpelthen ikke gå på fortovet af frygt for fremmede
mennesker.

Han var noget af et problem. Vi hjalp ham mange gange væk, når der kom en bil.

Han var for øvrigt en rigtig rar mand.

Jeg sad en dag nede i hospitalets forhal og sludrede med andre fra afdelingen, da der kom en rigtig sød pige og satte sig et stykke fra os. Jeg fik øjenkontakt med hende, og vi smilede til hinanden. Jeg satte mig lidt efter over ved siden af hende. Vi snakkede lidt sammen, og hun inviterede mig hjem til sig samme aften.

Jeg sagde oppe på afdelingen, at jeg skulle besøge en ven og måtte være ude indtil kl. 23.00.

Jeg gik ud til hende kl. 19.30. Vi fik kaffe og sad og sludrede. Hun lagde ikke skjul på, hvad hun ville. Jeg var heller ikke så meget i tvivl, så vi gik ind i et værelse ved siden af stuen. Da vi havde været derinde et par timer, lugtede der brændt inde fra stuen. Vi løb derind. Fjernsynet og møblerne stod i flammer. Vi prøvede med nogle tæpper at bekæmpe flammerne. Jeg løb ind i værelset og ville lukke et vindue op. Pludselig stod jeg stille, og det sidste, jeg kan huske, var, at jeg faldt om. En taxa kørte forbi og alarmerede Falck. Ambulancen kom og hentede pigen. Hun var blevet forbrændt på armene og på ryggen.

Først da brandvæsenet kom, fandt de mig. Jeg lå halvt inde under sengen og var bevidstløs.

Jeg blev kørt til intensiv afdeling på hospitalet. Jeg vågnede op ca. 1 døgn efter. Min ældste datter var der, men jeg kunne næsten ikke se hende, fordi begge mine øjne var helt klistrede og fyldt med sod.

Jeg lå på intensiv afdeling i 3 dage. Hver gang jeg fik mad, kastede jeg det op, men jeg blev efterhånden mere stabil og blev overflyttet til en somatisk afdeling. Dag og nat spyttede jeg sod op af min hals og ned i en plasticpose.

Det allerværste var, at jeg havde mistet min stemme. Jeg kunne ikke sige en lyd. I lang tid kunne jeg lugte soden. Den sad i min næse.

En uges tid efter kom jeg tilbage til min egen afdeling.

49

Uden stemme kunne jeg ikke vække mine medpatienter efter middagssøvnen, men jeg ville.

Ude på gangen sad der en ældre dame i kørestol. Foran sig havde hun en plade, hvor man kunne stille hendes mad. På pladen stod der også en klokke, som hun brugte, når hun skulle tilkalde personale. Jeg var meget gode venner med hende, så jeg fik lov til at låne klokken.

Kl.14 bankede jeg på den første dør, åbnede den og ringede med klokken. Damen, der lå derinde, fløj mindst 2 meter op i luften. Da hun landede på sengen igen, skældte hun mig ud og sagde, at hun havde fået et chok.

På de andre stuer var der ikke nogen problemer.

Et par gange om ugen var jeg inde på et ambulatorium. Her stak de et lille kamera ned i halsen på mig for at se, hvor meget sod der var tilbage.

Da der var gået 3 uger, var jeg derinde, og her konstaterede man, at soden var ved at være væk.

Da jeg kom ud på gangen, rømmede jeg mig og sagde et par ord. Inde på afdelingen sagde jeg ingenting. Vi spiste til aften, og først da alle sad inde i opholdsstuen, kom jeg udefra, stillede mig op i døråbningen og sagde »BØH«. De fleste af dem grinte, og vi morede os meget den aften.

50

Den gode »manitid« var ved at ebbe ud. Jeg kunne mærke, at jeg blev nervøs og trist.

Det endte med, som tidligere, at jeg ikke selv kunne vaske mig eller børste tænder. Det var et stort, sort hul, der blev dybere og dybere. Når jeg lå i min seng, græd jeg meget og kunne slet ikke se mening med noget.

Min familie og nogle venner besøgte mig ofte, men det var ikke til megen trøst.

En dag kom min broder, og han mente, at vi skulle ud at gå en tur. Jeg fortalte ham, at jeg simpelthen ikke turde. Jeg var bange for alt og havde fuldstændig mistet min selvtillid. Han forsikrede mig, at han ville passe godt på mig under turen. På de betingelser gik jeg med. Da vi kom ned til havnen, var jeg bange for at falde i vandet, så jeg foreslog, at vi gik på fortovet over for molen. Det havde min broder ikke noget imod. I løbet af et par timer nåede vi en rigtig god tur. Det var faktisk dejligt.

Depressionen vil jeg ikke skrive så meget om, men det var et langt helvede som de andre gange. Kun sorg og bekymring. Jeg følte mig fuldstændig magtesløs. Dagene lignede hinanden. Månederne ligeså. Jeg troede aldrig på, at det ville gå over. Men det kom. Efter 1 år blev jeg udskrevet.

Da jeg kom hjem, lå der en meddelelse fra amtet om, at jeg havde fået pension.

51

Jeg skulle ikke arbejde mere, og jeg tror at det var medvirkende til, at min sygdom stabiliserede sig. Efterhånden fik jeg kun nogle få depressioner indimellem. Manierne udeblev fuldstændig.

Jeg skulle nu vænne mig til ikke at arbejde. Det var svært. Jeg var flov ved at være førtidspensionist. Når jeg skulle handle, gjorde jeg det om eftermiddagen, efter at de andre mænd havde fået fri og var ude at handle, enten alene eller med deres koner. Det meste af dagen gemte jeg mig hjemme og var ikke meget for at gå ud.

Jeg fik et togkort fra DSB. Med det på mig kunne jeg køre over hele landet til halv pris. Når jeg skulle med toget, skulle jeg købe billet ved billetlugen på banegården, hvor jeg skulle bede om en 65-billet og sige, hvor jeg skulle hen. I lang tid var det sådan, at hvis der stod nogen bag ved mig i køen, købte jeg en almindelig billet og gav det dobbelte for den. Jeg kunne simpelthen ikke få mig selv til at sige en 65-billet, når andre hørte på det.

I rutebilen var det anderledes. Her lagde jeg kortet ved siden af billetmaskinen, så chaufføren kunne se det. Herefter sagde jeg, at jeg ønskede en billet til der, hvor jeg skulle hen.

Det var et godt system, og det virkede fint indtil en dag, hvor der skete noget. Jeg stod på en rutebil en aften. Bussen var fyldt med passagerer. Jeg lagde mit kort, hvor jeg plejede, og bad om en billet. Chaufføren var ny. Han tog kortet op og sagde: »DET ER JO EN FEMOGTREDSER.« Alle kunne høre det, og jeg følte, at alle bussens passagerer kiggede på mig. Jeg kunne være kravlet i et musehul.

I begyndelsen var jeg meget rastløs. Når jeg var hjemme, kunne jeg ikke holde mig selv ud, så jeg ringede til familie og venner og spurgte, om de ikke kiggede ind, eller om jeg måtte besøge dem. Jeg tror, at de på det her tidspunkt var noget trætte af mig. At sidde alene hjemme en hel dag eller aften var ganske forfærdeligt. Jeg meldte mig til nogle kurser, men der var ikke rigtig noget, der interesserede mig. Før hen havde jeg arbejdet meget, også i ferier, så der var pludselig mange ledige timer hver dag.

I en lang periode gik jeg i motionscenter. Det var faktisk godt. Jeg begyndte også at gå nogle gode ture. Når man går tur, får man så mange gode tanker. Mine børn og børnebørn besøgte jeg oftere og oftere Jeg havde nogle venner, hvor nogle forstod min sygdom og andre ikke. De, der ikke forstod det, blev væk, og de forstående blev tilbage.

Jeg har kun kontakt med nogle få, som jeg har været indlagt med. Mange, der bliver udskrevet, bliver i »systemet«. De besøger meget dem, de var sammen med på afdelingerne. Mange kan også godt lide, bagefter, at komme på sygebesøg der, hvor de selv har ligget. Det bryder jeg mig ikke om.

52

Jeg får meget medicin. Det vigtigste er noget, der stabiliserer mig. Det er et grundstof.

Problemet med stoffet er, at hvis jeg bliver fysisk syg, skal man passe på, for grundstoffet virker meget dårligt, eller slet ikke, sammen med anden medicin.

En sommer havde jeg på grund af varmen fået vand i mine ben og skulle derfor have nogle vanddrivende piller for at fjerne det. Det bevirkede, at jeg to gange om ugen skulle have taget blodprøve for at konstatere, hvordan grundstofprocenten var. Sådan er det næsten med al anden medicin. Man kan også blive forgiftet af grundstoffet, hvis man får for meget. Derfor får jeg normalt taget blodprøve en gang om måneden. En gang har jeg ligget til observation på en somatisk afdeling for forgiftning. Det begynder med, at man får kraftig hovedpine, kvalme og høj feber. I mit tilfælde var der ingen forgiftning.

Medicinen gør, at jeg ind imellem ryster lidt på hænderne. Det mest irriterende er, at hvis jeg sidder sammen med fremmede og drikker kaffe, er der altid en, der siger »Du ryster, har du været ude at drikke? « Værre er det, når man er til sølvbryllup og spiser suppe. Når min ske er nået op til slipseknuden, er der ikke mere suppe på. Man kan jo heller ikke sidde med hele hovedet nede i tallerkenen. Jeg tror, at jeg ryster mest, når jeg er sammen med fremmede mennesker. Jeg bliver accepteret som ganske normal, men er alligevel ked af, at jeg ryster. Jeg tænker på, at nogle kan forbinde det med en eller anden sygdom, men det har jeg nu aldrig hørt. Hvis andre sidder og stirrer på mig, når jeg spiser, er min rysten værre. Min læge har talt om, at vi kan prøve noget medicin, der delvis kan fjerne rystelserne, men det har også bivirkninger.

Kommunen talte om, at jeg kunne få lidt at lave, hvis jeg var interesseret. I en samtale med et firma skulle jeg beskæftiges med kontorarbejde og andet forefaldende arbejde. Arbejdstiden var mandag til fredag, 3 timer dagligt.

Da jeg startede, skulle jeg skrive nogle oplysninger fra en specifikation over på et lillebitte kort. Der skulle ikke stå så meget på kortene, men der var mange specifikationer. Da jeg efter et par dage var færdig, skulle jeg sætte to forskellige stempler på kuverter. Et foran og et på bagsiden. Kontordamen sagde til mig, at stemplet skulle sidde lige. Jeg var rigtig sur over dette job. Stemplerne var våde, når de blev trykket på kuverterne, så de skulle ligge til tørre, inden man kunne stemple på bagsiden. På grund af min vrede over arbejdet syntes jeg, at det var et mærkeligt firma og dermed også personalet. Jeg huskede kontordamens ord om, at stemplerne skulle sidde lige. Det endte derfor med, at jeg satte stemplerne skævt på hver tiende kuvert.

Efter fire dage meddelte jeg firmaet, at jeg holdt op. Kommunen forsøgte at finde noget andet til mig, men det var hele tiden job, som børn kunne udføre. Jeg synes, at man gør nar af voksne mennesker, når de skal have nogle få arbejdstimer om dagen eller i arbejdsprøvning. De ansvarlige tager overhovedet ikke hensyn til de kvalifikationer, de involverede har.

Min rastløshed forsvandt efter et par år. Nu kunne jeg sidde hjemme og læse. Jeg synes, at det at læse og høre musik samtidig passer fint sammen. TV er jeg ikke så interesseret i.

53

En overgang tænkte jeg på at flytte til en anden by. Jeg synes, at jeg her ser så mange fra det psykiatriske system. Det gør mig undertiden både ondt og bange. Flytningen har jeg tænkt igennem, og jeg har valgt at blive.

Som jeg fortalte tidligere, har jeg nogle få venner fra mine indlæggelser. Jeg kommer meget tit til en mand, der også har været indlagt. Vi sidder i hans køkken og drikker øl eller kaffe. Han er med hensyn til historie en rigtig spændende person. Han er ekspert i 1700-tallet og kan huske navne og datoer om mange ting. Engang imellem køber vi smørrebrød og holder en lille frokost med øl og brændevin. Når jeg er ude at rejse, er der en pige eller dame, der passer min kat. Jeg spiser meget deroppe, og hun gør alt for, at jeg har det godt. Det er et rigtig godt venskab, vi har. De to personer, jeg omtaler, og jeg selv holder som regel nytårsaften sammen. Det er meget hyggeligt. Vi starter kl. 18.00 og stopper omkring kl. 03.00.

I de første par år, efter at jeg fik pension, kiggede jeg dagligt stillingsannoncer. Hvis der var en god en, fik jeg helt lyst til at søge den, men det gik jo ikke.

Jeg læser stadigvæk meget i aviserne om erhvervslivet i Danmark. Som i min aktive tid holder jeg stadigvæk Erhvervsbladet. Hvis der noget med handel, markedsføring og reklame, følger jeg meget med i det. Der er også jævnligt seminarer og foredrag om emnerne. De er meget spændende at følge. Det er nok det, jeg interesserer mig mest for.

Jeg har i de sidste par år købt mange bøger. Nogle nye, men også mange fra en bogantikvar. Her kan man virkelig være heldig at få gode bøger til næsten ingen penge. Derfor har jeg mange bøger, som jeg endnu ikke har læst, så der er nok at tage fat på i de gode vinteraftener. Jeg låner ikke på biblioteket. Hvis jeg læser en god bog, vil jeg gerne selv beholde den.

55

Når man bliver frataget evnen til at arbejde, synes jeg, at der er mange goder forbundet med at få førtidspension. Man kan leve af den, får tilskud til visse behandlinger, togkort som før omtalt, hjemmehjælp, hvis man ønsker det, og tilskud til medicin ...

Hvis jeg skulle betale den fulde pris for medicin, skulle jeg give kr. 25.000 årligt. Det kunne jo slet ikke lade sig gøre at betale.

Hvordan maniodepressivitet opstår, er der delte meninger om. Nogle forskere tror, at det er arveligt. Andre, at man mangler et stof i hjernen Det bliver nok svært at blive enige om det.

Jeg tror, at min sygdom kommer i udbrud, når jeg er ude for store begivenheder i mit liv.

Når jeg har skiftet job, har det nye job som regel været bedre end det, jeg sagde op, og der blev, både fra min side og fra den ny virksomhed, stillet store forventninger til salg osv.

Efterhånden som min bog skrider frem, kan jeg tydeligt se denne tendens.

Sygdommen kan også godt komme i udbrud ved families eller nære venners dødsfald.

En ting, der er mærkelig ved denne lidelse – det gælder i hvert fald for mig – er, at jeg efter en hård dag nu, det kan f.eks. være en lang rejse, kan tænke:

»Hvad er det hele egentlig værd?« Det er mærkeligt, at det kommer, for jeg er aldrig i dårligt humør. Det irriterer mig lidt, for jeg har, som tidligere omtalt, også da jeg havde det dårligst, aldrig haft de tanker, at jeg skulle forlade denne jord ved egen hjælp. Jeg har talt med min læge om det, men han mener ikke lige, at man kan give sygdommen skylden for disse tanker, Han mener, at hvis man er rigtig træt, kan man godt være negativ og sortseer uden at fejle noget.

Et andet problem er, at medicinen ind imellem kan sløve mig. Jeg kan da, fra det ene sekund til det andet, falde i søvn. Det kan være i selskab med andre. Det kan også være, når jeg sidder og spiser. Jeg har flere gange kørt for langt med rutebilen, fordi jeg sov. Det er ikke sjovt at gå en 6-8 kilometer tilbage, især hvis det er mørkt og regnvejr.

For at passe på mit helbred har jeg lært at undgå svære og meningsløse diskussioner. Hvis der nogle personer, jeg ikke bryder mig om, undgår jeg også dem.

Jeg keder mig slet ikke i mit eget selskab. Jeg har efterhånden boet alene i mange år.

Det er helt fint. Jeg synes også, at når man er gift, vågner man op og ser det samme ansigt hver morgen. Det er ikke så rart.

Venner kan man have af begge køn. Man behøver ikke at komme sammen med nogen af dem.

Min omgangskreds er rimelig fast. Vi besøger hinanden ved hver især. Jeg har det sådan, at når jeg er ude, og der er gået nogle timer, glæder jeg mig til at komme hjem ... Sådan var det ikke i begyndelsen.

Min medicin tager jeg på de rigtige tidspunkter. Det er vigtigt. Jeg tager medicinen morgen og aften. 4 piller om morgenen og 9 til aften.

Efter nogle år uden udbrud af sygdommen er der mange, der holder op med at tage medicinen. For nogle går det, for andre ikke. Nogle læger anbefaler ideen med at stoppe, medens andre mener, at man skal fortsætte med at tage medicinen.

Min lyst til at stoppe med medicinen er meget lille af frygt for at få en depression. En sådan, der måske ville vare et lille års tid, kunne jeg ikke holde til. Så vil jeg hellere leve med bivirkningerne.

Efter min moders død for en del år siden kom min fader på plejehjem. Han kunne ikke mere klare sig i sit hus. Jeg tror nok, at han var utilfreds med beslutningen, men efterhånden gik det godt. Han ville dog ikke ind i opholds- og spisestuen. Han sad for sig selv på sin stue, hvor han også spiste. Fodbold har altid interesseret ham meget, så når der var kamp på TV, var han en interesseret seer.

Jeg besøgte ham hver dag. Han holdt den lokale avis, så den læste jeg for ham. Vi snakkede meget sammen om »gamle dage«. Det nød han at tale om. Jeg fortalte ham, hvad jeg havde oplevet, og så skulle han gerne have en lille historie hver dag. Min fader fortalte mig også en historie hver dag, men det var den samme. Han grinede, når han fortalte den, og jeg grinede med, som om jeg aldrig havde hørt den før.

Historien lyder sådan her:

Den danske rytterske Lis Hartel havde vundet sølv ved Olympiaden. Da hun sad på sin hest foran dommeren for at modtage sin medalje, slog hesten en ordentlig en. Lis Hartel blev flov og sagde til dommeren: »Det må De sandelig undskylde«, hvortil dommeren svarede: »Hvis De ikke havde sagt noget, troede jeg, at det var hesten.«

Een gang om måneden var der bankospil på plejehjemmet. Jeg hjalp til med at lægge brikker på kortene. Vi fik øl og kaffe. Det var vældigt hyggeligt. På disse aftener var det den eneste gang, at min fader kom ud af sin stue. Et år efter at han kom på plejehjem, døde han. Jeg savnede disse besøg i lang tid, selv om det godt kunne være lidt anstrengende en gang imellem.

57

Inden jeg kom i gang med de aktiviteter, jeg er beskæftiget med nu, prøvede jeg at komme i et aktivitetscenter, hvor man kunne arbejde med forskellige ting. Der var sport, madlavning, tegne/male, snakkegruppe og mange andre ting. De mennesker, der kom der, var alle fra, eller havde tilknytning til, det psykiatriske system.

Jeg var mest interesseret i snakkegruppen, hvor vi var ca. 8 personer og en lærer. Her kunne vi sige det, vi havde lyst til. Der var fortrolighed i gruppen. Det var spændende. Madlavning interesserer mig ikke meget, men jeg prøvede da nogle gange. Vi kørte også nogle ture i bus rundt omkring i landet. De, der kom på centret, havde deres egen pengekasse, og til jul købte vi nogle juletræer, som vi solgte videre.

Det år jeg var der til jul, fik jeg lov til at forestå købet af juletræer. Jeg kontaktede forskellige forhandlere, forklarede dem, hvem vi var, og at pengene gik til os selv. Vi besøgte en af dem. Vi var tre personer plus en mandlig lærer. Vi snakkede frem og tilbage og kom til et rigtigt godt resultat. Alle tre var enige og godt tilfredse. Købet var afsluttet, men pludselig siger læreren til juletræsmanden, om vi ikke kunne lave en gennemsnitspris på store og små juletræer. Denne ordning ville være blevet meget dyrere for os. Jeg sagde straks, at vi skulle holde os til aftalen, vi lige havde indgået. Det mente de andre også.

På vej hjem spurgte jeg læreren, hvorfor han kom

med det forslag. Han hakkede noget i det, men kunne ikke rigtig forklare sig. Jeg tror, at han var sur over, at det ikke var ham, der havde afsluttet handelen.

Juletræerne blev solgt med succes, og vi fik et meget stort overskud.

Hver fredag var der møde om næste uges program. Her kunne man også stille forslag til nogle ting, man gerne ville arbejde med. Hvis man »stak næsen for meget frem«, fik man at vide, at man ikke var ansat.

Der var mange syge personer i centret.

Jeg følte mig både bange og utilpas, så jeg holdt op med at komme der.

58

Selv om jeg altid har det godt nu, frygter jeg hver dag, at jeg skal få en depression. Det ligger som en dæmper i baghovedet. Hvis der er nogen, der siger, at jeg er i rigtig godt humør, tror jeg, at jeg er ved at blive manisk, så det er om at finde balancen. Jeg lever meget regelmæssigt, spiser på samme tidspunkt hver dag, går i seng på samme tid hver dag og sørger hele tiden for at finde en fast rytme. Jeg tror, at det er sundt for mig. Hvis jeg skal til tandlæge, behandling eller andre ting, lægger jeg det altid om eftermiddagen. Formiddagene vil jeg have for mig selv. Jeg tror, at denne faste rytme giver mig et godt grundlag for at holde mig rask og fri for udbrud af sygdommen. Jeg har ikke været manisk eller depressiv i snart 7 år.

Jeg synes, at verden er uretfærdig. Da jeg endelig har fået bugt med min sygdom, får jeg dårligt hjerte. Det er en kranspulsåre i hjertet, der er kronisk tilstoppet, så det kniber mange gange med at få luft. Jeg får noget medicin for det.

Når jeg får smerter i brystet, der minder om en blodprop i hjertet, bliver jeg indlagt på hospitalet og undersøgt. Dette kommer ca. 1 gang om måneden. Jeg har gudskelov ikke haft en blodprop.

Jeg vil da gerne være kendt, men at det lige skulle være af Falckfolk, læger og sygeplejersker, havde jeg ikke regnet med.

Jeg er begyndt at rejse. I starten var det kun charter-rejser, men efterhånden er jeg gået over til at købe flybilletten hos et lavprisselskab og selv finde noget at bo i, når jeg kommer til landet. Det er billigere og sjovere. På den måde lærer man lokalbeholdningen at kende. Engang i Portugal boede hos jeg en russisk familie i 14 dage. En aften, da jeg var der, holdt de fest. Vi var omkring 12 personer. Der manglede ingenting. Det var alle tiders. Vi drak ren vodka af ølglas. Jeg var den første, der måtte trække sig tilbage med en ordentlig kæp i øret.

Et af mine favoritsteder er Kreta. Det er nok det bedste sted for mig. Luften er sådan, at jeg bedre kan trække vejret. Man kan også opholde sig længe i solen, fordi det lufter lidt hele tiden.

Sidste gang jeg var dernede, ca. 2½ måned, gik jeg til stranden fra morgenstunden til godt middag og tog så tilbage til den lille lejlighed, jeg havde lejet, og fik noget at spise. Senere gik jeg op på et hotel, hvor jeg havde boet tidligere, hvor jeg talte med personalet og gæsterne. Der var et spisested, hvor jeg som regel købte min aftensmad.

For at komme til den nærmeste storby kunne man køre med bus. Det kostede kr. 3.5O for de 7 km., der var. Her var jeg inde mange aftener. Jeg sad og hyggede mig på de små cafeer. Der var mange turister, især svenskere, nordmænd, danskere og tyskere. Når man sidder på sådan en cafe, kommer man altid i snak med de andre turister. Det er meget hyggeligt. Folk vil i reglen gerne tale om sig selv. Ved at stille nogle få spørgsmål kan du næsten få hele deres livshistorie. Det er jo pragtfuldt. Man kan sidde i lang tid sammen med andre uden at fortælle noget som helst om sig selv.

I Tyrkiet har jeg oplevet de bedste badestrande nogensinde. Hvis man sidder i brændingen, kommer vandet måske en gang til ens tæer. Næste gang kan det plaske helt hen over hovedet. Her kan man godt sidde i flere timer og nyde det.

En dag var der et ægtepar, der lejede en bil for at køre rundt i Tyrkiet. Jeg blev inviteret med. Vi så mange smukke steder, blandt andet en drypstenshule og et kloster. Landskabet, vi kørte igennem, var meget kuperet, så udsigten var pragtfuld.

Da vi hen på eftermiddagen skulle spise, holdt vi ind ved en flod, hvor der var restaurant ude i floden. Vi tog skoene af og sad i vand til knæene. Tjeneren kom med et hyttefad og spurgte os om, hvilken fisk vi ville have. Da vi havde bestemt os, tog han dem op af hyttefadet og begyndte at tilberede dem. Det blev alle tiders middag. Efter fisken fik vi dessert og ovenpå kaffe. Det var en god afslutning på en dejlig dag.

På Mallorca, hvor jeg har været nogle gange, er det mere turistpræget. Her starter livet mange gange ud på aftenen. Det kan være restauranter, natklubber og anden underholdning. Det er da meget sjovt at komme de steder en gang imellem, men drinksene er dyre. Der er så til gengæld ingen mål på, man hælder lige fra flasken og ned i glasset.

Det er sjovt at se, hvordan sydlændinge jagter unge lyshårede piger. De gør et stort stykke arbejde for at komme i kontakt med dem. Hvis man kommer på samme natklub nogle aftener i træk, kan man se, at de unge mænd ikke er særlig trofaste. Mange af dem dyrker nok det princip, at det skal være en ny hver aften.

Jeg talte med en del mennesker, der boede på øen. Mange af dem fortalte mig, at Mallorca var, som Amerika var i gamle dage, med hensyn til indvandrere.
  I dag kommer der mange indvandrere til Mallorca fra hele verden. Det er håndværkere og handelsfolk. Inden for disse grupper er der en stor del undergrupper, så det er næsten alle slags folk. Alle vil prøve lykken. Nogle går det godt for, andre ikke, men sådan er det jo.

Jeg syntes især, at der var mange udlændinge, der drev restauranter og cafeer.

Badestrandene var også pragtfulde. Helt hvidt sand og blå bølger.

Jeg rejser som regel en uge til 14 dage ad gangen. Den sidste tur til Kreta tog dog, som før omtalt, 2½ måned.

En aften, da jeg var på Kreta, fik jeg smerter i brystet. Jeg ringede efter en taxa, der kørte mig på hospitalet, hvor jeg henvendte mig på skadestuen. Jeg blev hurtigt overført til hjerteafdelingen, hvor jeg blev undersøgt og fik taget blodprøve. Her ville lægen have, at jeg skulle ligge til observation for en blodprop i hjertet. Der var stillet 8 senge op på en række. Imellem dem var der et forhæng. Overfor sad der en sygeplejerske, som kunne holde øje med os alle sammen på en gang. Hun var meget hidsig. Når hendes telefon ringede, tog hun den, talte lidt, og uden at sige farvel knaldede hun røret på. Hvis patienterne, alle fra Kreta, talte sammen, råbte hun op. Jeg sad det meste af tiden op i sengen med benene nede på gulvet. Det sagde hun ikke noget til.

Jeg sov ikke den første nat. Da sygeplejersken fik en lille lur, talte jeg lidt med en sygehjælper. Hun kunne forstå lidt engelsk. Jeg spurgte, om hun kunne skaffe noget kaffe, men det var bandlyst på hospitalet. Jeg måtte heller ikke gå på toilettet. Det skulle foregå på et bækken ved sengen, og det hverken kunne eller ville jeg. Hen på morgenstunden glædede jeg mig til at få noget kold mælk og noget godt brød, men ak, det var varm gedemælk med skind på og færdigpakkede vafler. Sygehjælperen sagde, at det var det eneste mælk, de havde, og at jeg skulle drikke det, men jeg ville ikke, så til mine kiks fik jeg et glas vand. Det var en »god« start på dagen. Jeg sov et par timer om formiddagen og blev vækket af en portør, der skulle køre mig til scanning. Resultatet viste det, jeg havde fortalt lægen, at en af kranspulsårerne var kronisk tillukket.

Middagsmaden bestod af frugt og grøntsager. Det var bedre end morgenmaden. Hen på eftermiddagen fik jeg taget atter en blodprøve. Hvis første og anden blodprøve ligner hinanden, er der ingen blodprop i hjertet. Det var resultatet af anden blodprøve, jeg skulle vente på.

Aftensmaden bestod også af grøntsager. Det var et godt måltid. Senere på aftenen bad jeg om at tale med lægen. Jeg forklarede ham, at jeg skulle på toilet og ikke kunne sidde på et bækken på gulvet. Han smilede lidt og gav mig lov til træde af. Det er den bedste gang, jeg har været på wc. Der var simpelthen fra flere dage. Det var en vidunderlig fornemmelse.

Aftenen var lang. Der var ikke noget at læse i og ingen at tale med. Jeg tror kun, at jeg sov et par timer.

Næste morgen blev der serveret gedemælk igen, og kiks. Jeg tog kiksene og fik atter et glas vand.

Ved middagstid kom svaret på blodprøven. Der havde ikke været nogen blodprop. Lægen anbefalede mig at slappe af en time og så forlade hospitalet. Jeg fik nogle papirer med mig til min egen læge.

Inden jeg tog af sted, takkede jeg lægen, den sure nikkede jeg til, og den søde sygehjælper gav jeg et kys på kinden, så hun blev helt rød i hovedet.

Jeg tog en taxa til det hotel, hvor jeg havde boet. Jeg fik straks noget mad. Det var dejligt. Efter en snak med de ansatte gik jeg ned til mit værelse, tog et bad og var frisk

Jeg har været i Thailand en gang, men luften her er meget fugtig, så det kniber lidt for mig at få vejret. Landet er smukt, men meget beskidt. Jeg besøgte nogle familier på landet, hvor vi spiste i haven under et stråtag, der stod på nogle pæle. Vi fik fisk, kød, salat og suppe. Vi drak øl til af 1/1 liter-flasker. Det var en stor oplevelse.

Efter at vi var færdige med maden, kom nabokonen ind med sin datter. Hun var omkring 24 år. Jeg fandt hurtigt ud af, at det var meningen, jeg skulle have hende med til Danmark, men det blev der nu ikke noget af .

Jeg er glad for at rejse. Jeg føler mig fuldstændig fri. Det er også rart at vandre rundt i en stor international lufthavn. Her er der en god atmosfære.

60

Jeg føler, at jeg aldrig har haft det så godt som nu. Jeg er hverken manisk eller depressiv, men kun mig selv. Jeg tror, som tidligere skrevet, at arbejdspresset har været for voldsomt. Jeg tror, at jeg har gået for højt op i mine jobskift ved at sætte mine egne forventninger for højt. Det har vældt mig adskillige gange. Jeg tager det hele mere afslappet nu og lever et helt andet liv.

Trods det ligger sygdommen, og frygten for udbrud til den ene eller den anden side, i mig endnu. Jeg tror, at det er sundt at huske de dårlige tider og ikke bare skøjte derudaf. Det er sjovt at være manisk, men det værste, der findes, er en depression.